FINANÇAS COM A FORMIGA EMÍLIA

MARA LUQUET E ELIANA CARDOSO

FINANÇAS COM A FORMIGA EMÍLIA

MARA LUQUET E ELIANA CARDOSO

MINOTAURO

FINANÇAS COM A FORMIGA EMÍLIA
© Almedina, 2021
AUTOR: Mara Luquet e Eliana Cardoso

DIRETOR ALMEDINA BRASIL: **Rodrigo Mentz**
EDITOR DE CIÊNCIAS SOCIAIS E HUMANAS: **Marco Pace**
ASSISTENTES EDITORIAIS: **Isabela Leite** e **Larissa Nogueira**

REVISÃO: **Marian Gabani**
DIAGRAMAÇÃO: **Casa de Ideias**
DESIGN DE CAPA: **Casa de Ideias sobre ilustração de Eliana Cardoso**
ILUSTRAÇÕES: **Eliana Cardoso**

ISBN: 9786587017327
novembro, 2021

Dados Internacionais de Catalogação na Publicação (CIP)
(Câmara Brasileira do Livro, SP, Brasil)

Luquet, Mara
Finanças com a formiga Emília / Mara Luquet, Eliana Cardoso.
São Paulo : Minotauro, 2021.

Bibliografia
ISBN 978-65-87017-32-7

1. Dinheiro - Literatura juvenil 2. Educação financeira
3. Finanças - Literatura juvenil I. Cardoso, Eliana. II. Título.

21-80258 CDD-028.5

Índices para catálogo sistemático:
1. Educação financeira : Literatura juvenil 028.5
Aline Graziele Benitez - Bibliotecária - CRB-1/3129

Este livro segue as regras do novo Acordo Ortográfico da Língua Portuguesa (1990).

EDITORA: Almedina Brasil
Rua José Maria Lisboa, 860, Conj.131 e 132, Jardim Paulista | 01423-001 São Paulo | Brasil
editora@almedina.com.br
www.almedina.com.br

Você está prestes a entrar na Vila do Caraminguá. Eu, a formiga Emília, empresária e contadora de histórias, moro nesta terra bonita e estou aqui para ajudar você nesta visita.

Como você pode ver na figura ao lado, tenho muitos amigos. E, com eles, você vai aprender como gira a roda da economia.

Vire a página, porque estou esperando você para uma conversa bem animada.

1.

AQUI A HISTÓRIA COMEÇA

Sou uma formiga pretinha como o café cheiroso, de traseiro empinado e muito inteligente. Você já sabe que trabalho com afinco para ajuntar comida em casa, como todas as formigas. Na época da seca, descanso. Nem por isso sou igual às outras, e logo você verá por quê.

Lá vou eu! Saio bem cedinho para o batente. Carrego folhinhas e mais folhinhas, a comida predileta das formigas e de muitos insetos. Não preciso contar o que você já sabe: na época da seca, as folhas morrem. Por isso, vou juntando folhinhas.

Montei um armazém com uma lojinha na entrada, onde vendo as folhinhas verdes que consigo colher com meu trabalho. Isso quer dizer que tenho mais de uma atividade: colho e empilho folhas com a ajuda da joaninha Ana e, ao mesmo tempo, cuido da loja, que se chama *Armazém Verde Que Te Quero Verde*.

Quem sempre aparece na minha loja é a Nara, uma cigarra muito simpática. Cantora de primeira. Fez sucesso com um videoclipe na internet e recebe dezenas de convites para fazer shows. Com parte do dinheiro que ganha vendendo suas canções e fazendo shows no Brasil e pelo mundo afora, ela paga as folhas que compra na minha loja.

— Preciso de folhinhas para o almoço — diz ela.

— Sem problema — respondo. — O *Armazém Verde Que Te Quero Verde* tem as mais tenras da região.

Trabalho com gosto. Meu cuidado com a mercadoria fez do meu armazém o mais popular do Brasil. Bichinhos famosos, como a cigarra Nara, aparecem sempre para suas compras.

Eu e Nara somos amigas de longa data. Nossa amizade, por incrível que pareça, começou depois de uma discussão que tivemos, muitos anos atrás, quando formigas e cigarras ainda tinham opiniões diferentes sobre o que é e o que não é aquilo que chamamos de trabalho. Naquele dia eu disse para a Nara:

— Ontem ouvi suas músicas e gostei muito.

Armazém Verde Que Te Quero Verde

— Que bom! Levei meses para escolher os músicos e preparar o repertório do álbum que está à venda — ela respondeu. — Sabe de uma coisa? Eu pensava que você não gostava de música.

— E por que eu não gostaria?

— Sei lá, acho você tão séria, sempre trabalhando. Nem parece um bichinho que gosta de se divertir, ouvir músicas, cantar e dançar.

— Veja só! Porque trabalho, isso quer dizer que não posso me divertir?

— Não me leve a mal... Eu, eu, eu... Bem eu queria dizer...

— Olhe aqui, dona cigarra. Preciso trabalhar para viver. Gosto de comprar músicas, que, aliás, andam bem caras. Vendo folhinhas porque esse é o meu ofício, o que sei fazer de melhor. Mas, na hora das minhas folga, depois que fecho o armazém, o que você acha que eu faço? O quê?

— Bem... Não tinha pensado nas horas de folga.

— Pois fique sabendo que eu também tenho folgas. Com o dinheiro que ganho no armazém, consigo me divertir nas horas vagas. Gosto de viajar, passear, ir ao cinema e também de assistir a shows de música.

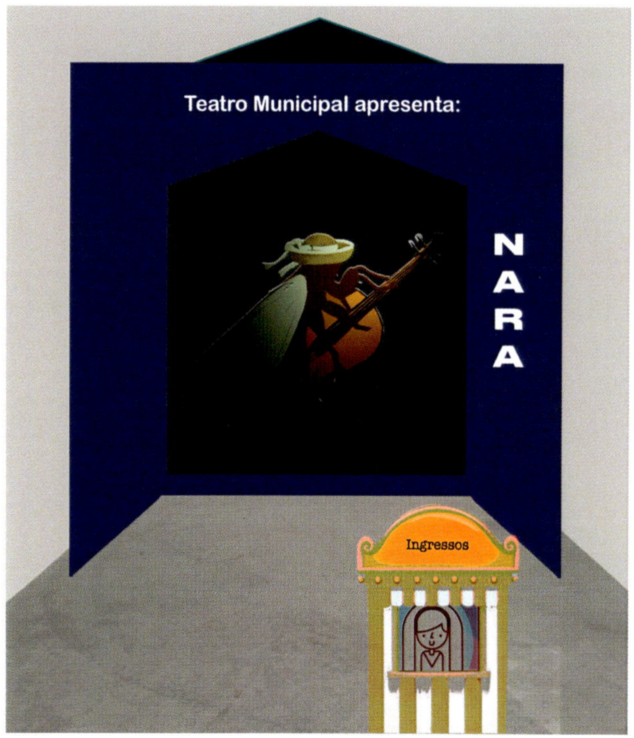

— Shows de música?

— Sim. Shows de música também.

— Então aqui está um convite para o show *Nara ao Vivo* no fim de semana.

— E quanto é? — Perguntei.

Ela sorriu e respondeu:

— Nem pense em me pagar. É um presente, formiga Emília. Não vou lhe cobrar nada pelo ingresso.

E foi assim que começou minha amizade com a cigarra Nara. Uma amizade que já vem de muitos anos.

Nesta história que estou contando para você, todo mundo trabalha, porque todo mundo precisa ganhar dinheiro para comprar comida, roupas, jogos, e ir a shows, ao cinema... Enfim, tudo que a gente precisa para viver e se divertir.

No meu armazém, uma funcionária que se chama joaninha Ana me ajuda a atender a clientela. Por seu trabalho, Ana recebe um salário todos os meses. Por isso ela é chamada de trabalhadora assalariada.

Eu, que tenho meu próprio negócio, sou empresária. Assinei um contrato de aluguel para montar a loja, consegui um empréstimo do *Banco Tonessa* para comprar os móveis da loja e contratei a joaninha Ana como funcionária. Recebo o dinheiro das vendas das folhinhas e pago uma série de despesas: o salário da joaninha, o aluguel da loja, os juros para o *Banco Tonessa*, que me emprestou o dinheiro que eu precisava para montar a loja, e outras despesas, como as contas de luz e telefone.

E faço um pagamento a mim mesma como administradora da loja. Afinal, eu preciso ser paga pelo meu trabalho. Este pagamento não se chama salário, tem o nome de pró-labore, que, em latim, significa "pelo trabalho" e corresponde à minha remuneração como a administradora, a responsável pelo armazém.

A diferença entre o dinheiro que recebo pelas vendas das folhinhas e todas as despesas se chama lucro.

DESPESAS DO ARMAZÉM VERDE QUE TE QUERO VERDE

Salário mensal da Aninha	R$ 20,00
Aluguel da loja	R$ 25,00
Juros mensais pagos em função do empréstimo que tomei no Banco Tonessa	R$ 2,00
Conta de energia	R$ 5,00
Conta de telefone	R$ 3,00
Pró-labore (para cobrir meu trabalho como administradora do armazém)	R$ 30,00
Total das despesas	**R$ 85,00**

Você acha que está ficando complicado? Então vou desenhar e você vai entender. E depois vou explicar os detalhes. Por enquanto, observe apenas como faço a lista das minhas despesas. Observe também que existe uma despesa do meu armazém que se chama "juros". No capítulo 5, você vai entender melhor o que são juros. Por enquanto, basta que você entenda que o pagamento de juros é parte das despesas do meu armazém.

Ao lado está o desenho que prometi para você. É um quadro com a soma das despesas do armazém no mês de setembro de 2020.

No mês que mostro nesta tabela, o total das despesas do armazém foi de R$ 85,00.

E neste mesmo mês o armazém vendeu 100 folhinhas. O preço de cada uma delas era de R$ 1,00, portanto, a receita do armazém, ou seja, os recebimentos, no mês de setembro de 2020, foi R$ 100,00.

Agora você pode calcular o lucro do armazém no mês de setembro de 2020.

Se você escreveu R$ 15,00, acertou!

O lucro do *Armazém Verde Que Te Quero Verde* em setembro de 2020 foi igual a

R$ 100,00 – R$ 85,00 = R$ 15,00.

Agora, preste atenção, pois vou lhe contar um segredo: eu não gasto o lucro da empresa. Guardo-o como "lucros acumulados", para eu poder investir no crescimento do armazém. Algum dia eu ainda vou abrir outros armazéns no Brasil.

Agora você já sabe como ganho meu dinheiro. Recebo um pró-labore pelo meu trabalho. O armazém acumula o lucro, que vai gerar mais lucros no futuro, quando eu expandir meu negócio.

Você também já sabe que a joaninha ganha um salário.

Mas... E a cigarra Nara? Como a voz de ouro do Brasil, que não é nem assalariada nem empresária ganha dinheiro?

Nara não tem um patrão. Ela trabalha de forma independente e, por isso, se chama trabalhadora autônoma.

Nara vive das duas receitas.

A primeira receita corresponde à venda de seus shows para o Stromboli.

O Stromboli é um empresário do entretenimento. Ele aluga um teatro e vende os ingressos. Você já sabe como as empresas funcionam, porque já viu o exemplo do meu armazém. Stromboli, o empresário, paga à Nara pelo show que ela realiza. Ele recebe a receita da venda dos ingressos e paga as despesas do show, que incluem o preço que a Nara cobra pelo seu show. O lucro do empresário é a diferença entre a receita das vendas de ingressos e as despesas para preparar todos os detalhes do show, incluindo o preço que Nara lhe cobra.

A segunda receita que a Nara recebe se chama "direitos autorais". Calma, vou explicar.

Como a Nara compõe músicas, que são vendidas em CDs e nas lojas de música da internet, ela recebe os tais direitos autorais. Funciona assim: quando um bichinho compra uma música da Nara, uma parte do preço de

cada música vai para a artista que compôs, que criou a música. Artistas vivem com a parcela da receita da venda de sua obra, e essa parcela se chama direitos autorais. Esse dinheiro permite ao artista viver e a continuar a produzindo obras.

Esta história, que estou narrando no meu papel da formiga Emília, foi escrita por duas autoras. Elas recebem direitos autorais. Toda vez que alguém compra este livro, elas recebem uma parte do preço da venda do livro como direitos autorais.

Ui! Você está achando difícil acompanhar esta história? Não se assuste. Agora que já lhe expliquei algumas ideias básicas, vou poder ir mais devagar e, daqui a pouco, vão acontecer coisas mais divertidas. Além disso, lembre-se que, quando esta história acabar, você terá aprendido muita coisa sobre a roda da economia.

A *Vila do Caraminguá*, como você já percebeu, se parece bastante com o mundo onde você vive. No seu mundo tem empresas, como o meu *Armazém Verde Que Te Quero Verde*. As empresas do seu mundo também contratam trabalhadores, produzem todo tipo de coisa e vendem seus produtos nas lojas.

Só mais um lembrete...

Quando fiz a lista das despesas do meu armazém, falei sobre o *Banco Tonessa*, onde fiz um empréstimo para comprar os móveis. O funcionamento do banco eu explico melhor no capítulo 7, mais adiante neste livro. (Não quero sobrecarregar você com muitas ideias logo no começo de nossas aventuras.) Acho que você já ouviu alguém falar sobre os bancos, pois seu pai e sua mãe provavelmente guardam o dinheiro em um deles através de depósitos.

Só mais um detalhe. No seu mundo, como na minha *Vila do Caraminguá*, existem mais coisas acontecendo nos bancos do que depósitos e empréstimos. Ali existem muitos tipos de aplicações financeiras, como, por exemplo, a caderneta de poupança. Aplicações financeiras são uma forma de levar seu dinheiro para o futuro sem que ele perca valor, e você ainda consegue fazê-lo engordar ao longo do caminho.

Dinheiro engorda? Esta é uma forma de dizer que ele se multiplica, se for bem investido. Investir significa empregar seu dinheiro em atividades que podem se transformar em mais dinheiro no futuro. Existem muitas formas de investimentos. E as aplicações financeiras permitem que você conheça muitas delas. Você compra os chamados produtos financeiros no mercado, que, é claro, se chama "mercado financeiro".

Ei, eu sei que você está achando que é muita novidade de uma vez. Não desanime! Estamos só no começo. Tenho certeza que você ainda vai aprender muito sobre dinheiro com as histórias da bicharada deste livro.

Você já viu que tudo começa com o trabalho. É de lá que vem o dinheiro, e não do caixa eletrônico, do cartão de crédito ou do banco.

Imagino que você ainda não trabalhe, porque ainda é jovem demais. Mas veja seus pais, tios e avós. Eles certamente trabalham, porque precisam comprar comida, pagar as contas, inclusive a escola onde você estuda, e comprar seus livros e brinquedos. Veja também os pais de seus primos e os pais de seus amigos. Todos precisam trabalhar, porque o trabalho é a principal fonte de riqueza do homem e da mulher.

Eu, a formiga Emília, estou com você. Vamos olhar o mundo em que você vive e dar uma volta no tempo. Isso vai ajudar você a entender como funciona a maravilhosa máquina que as pessoas chamam de economia.

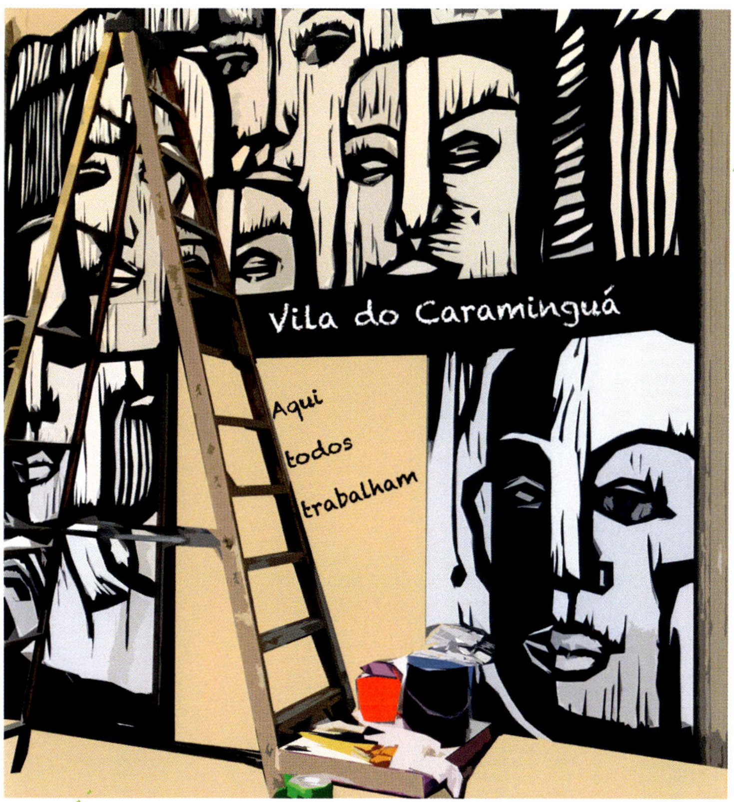

2.

TROCA DE MERCADORIAS: O COMEÇO DE TUDO

Num passado muito distante, na época em que viveram os nossos ancestrais — os tataravós dos tataravós dos tataravós dos nossos bisavós — não existiam as cidades. As pessoas viviam em clãs, uma espécie de agrupamento de pessoas parecido com uma família. Cada clã produzia os alimentos e as roupas para os homens, mulheres e crianças. Criavam carneiros e tiravam a lã que usavam para fazer suas roupas. Cuidavam do próprio gado e das aves para conseguir alimento. Faziam o pão com o trigo que plantavam e colhiam. Era assim que todos no clã viviam.

Acontece que alguns clãs começaram a fazer **mais** pães, começaram a produzir **mais** lã ou a criar **mais** aves e plantar **mais** trigo do que podiam guardar. Já viu, né? Eles estavam produzindo mais do que eram capazes de consumir.

Foi então que um gênio teve uma ideia brilhante: quem tinha pão sobrando poderia trocar por um pouco da lã com alguém que tivesse mais lã do que queria. Quem sabia costurar (com as agulhas enormes feitas de ossos de animais) poderia trocar a roupa feita por um pouco de carne ou por qualquer outra coisa que alguém oferecesse de volta.

Por muito tempo, homens e mulheres viveram assim, numa economia que hoje se chama economia de troca. Aquela economia funcionava mais ou menos como funcionam as trocas de objetos entre amigos. Se você coleciona figurinhas de algum álbum, o que faz quando tem uma figura repetida? Você troca com o amiguinho que tem outra figurinha repetida, mas que falta em seu álbum, certo? A figura que não serve para ele serve para você, e a que não serve para você está faltando para a coleção do seu amigo. Essa é uma relação de troca, uma das principais peças da máquina que conhecemos como economia.

O coração dessa máquina, quer dizer, a peça que faz com que todo o restante funcione, é o **trabalho**. Porque é a partir do trabalho que tudo começa a funcionar.

No mundo de hoje, quando trabalhamos, nós conseguimos produzir apenas uma pequena parte do que necessitamos. Todos os outros bens e serviços de que precisamos conseguimos quando trocamos parte do que produzimos por parte do que todas as outras pessoas produzem.

O dinheiro é o meio que utilizamos para fazer essa troca. Quando o dinheiro surgiu para servir de intermediário numa troca, a economia de troca começou a virar uma economia de mercado (aquela em que o dinheiro é o instrumento de compra e venda de produtos, ou seja, um meio de troca).

Imagine a confusão que devia ser na época antiga. Como as pessoas faziam para saber o tamanho que deveria ter o pedaço de carne para ter o mesmo valor que o pão que o clã vizinho oferecia em troca?

Dizem que a primeira maneira usada para resolver esse problema foi avaliar cada produto em quantidades de sal, e parece que daí surgiu a palavra salário. Como o sal era muito importante para conservar as carnes (pois não existia geladeira), os soldados recebiam como pagamento um saquinho com sal. Assim, pouco a pouco, as pessoas foram se acostumando a trocar um punhado de sal por roupas, comida ou outras coisas de que precisavam.

Como moeda, as pessoas já usaram conchas do mar e até fumo. O fumo passava de mão em mão, como acontece hoje com o dinheiro em papel que você conhece.

Em 1690, as pessoas passaram a usar, como hoje, o papel-moeda. Coisa importante para você lembrar é que, para ser moeda e cumprir sua função de meio de troca, o papel-moeda tem de ser aceito por todas as pessoas do país.

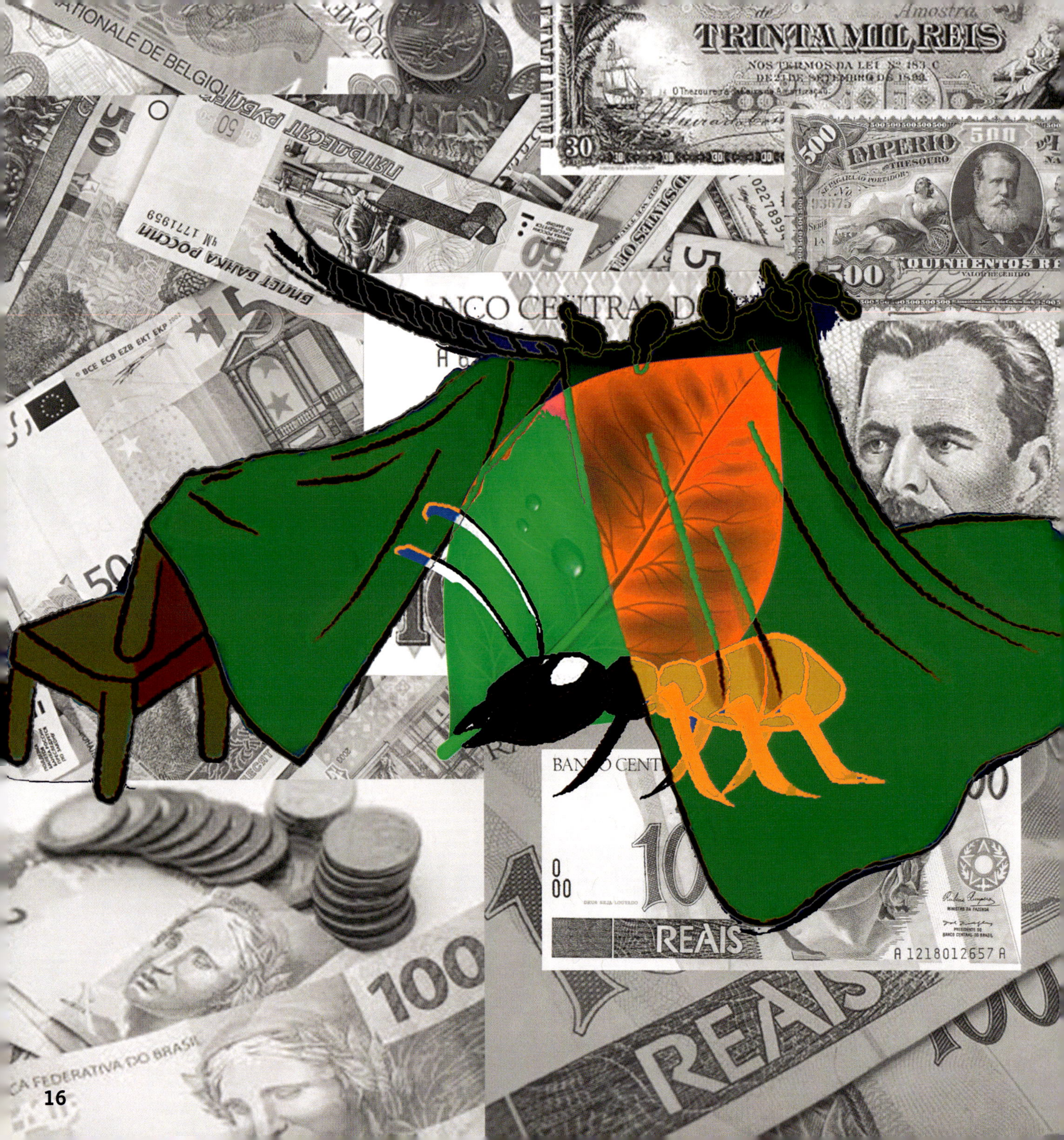
TRINTA MIL REIS
IMPERIO
QUINHENTOS REIS
BANCO CENTRAL DO
REAIS
A 1218012657 A
REAIS
NATIONALE DE BELGIQUE
BCE ECB EZB EKT EKP
REPÚBLICA FEDERATIVA DO BRASIL

3.

PARA ONDE VAI O SEU DINHEIRO?

Eu e minha amiga Nara estávamos no *Verde Que Te Quero Verde* conversando, quando Dona Minhoca entrou se arrastando na loja. Ela chegou com sua filha Minhoquinha.

Minhoquinha queria comprar todas as folhinhas. Pareciam tão saborosas... Folhinhas de macieira, de parreira, de limoeiro, de sabor de chocolate...

— Opa, chocolate não pode ser! Chocolate não tem folhas! — disse Minhoquinha.

— Mas o cacaueiro tem. E chocolate é feito com cacau — expliquei.

Eram tantas folhinhas saborosas que ficava difícil escolher. Dona Minhoca foi logo avisando:

— Não tenho dinheiro para todos esses tipos de folhas. Você tem que escolher!

— Mas por quê? — quis saber Minhoquinha.

— Porque não tenho dinheiro para pagar todas — explicou Dona Minhoca.

— Nããão — Não!

Ouvi aquela negociação de mãe e filha. Não me controlei e entrei na conversa:

— Minhoquinha, preste atenção! Você sabe de onde vem o dinheiro?

— Claro! — Minhoquinha disse. — O dinheiro vem do banco!

Olhei espantada para minha amiga cigarra e para Dona Minhoca e percebi o que elas estavam pensando: de onde será que esta menina tirou essa ideia?

Nara, que já tinha ouvido minha explicação há muitos anos, disse para Minhoquinha:

— O dinheiro vem do trabalho. O banco apenas **guarda** o dinheiro que ganhamos com nosso trabalho.

Minhoquinha coçou a cabeça e pensou: que confusão! Para ela, o banco apenas entregava o dinheiro que a mãe pedia. Sempre que sua mãe entrava naquelas casinhas mágicas e passava o cartão, a máquina cuspia o dinheiro. Mas... Não era bem assim! A máquina só entregava as notas se houvesse dinheiro na conta da mãe no banco.

— Agora que você sabe de onde vem o dinheiro, precisa saber para onde ele vai — eu disse.

Pode parecer brincadeira, mas é impressionante a quantidade de adultos que não têm a menor ideia para onde vai o dinheiro que ganham. Eles trabalham, trabalham, trabalham.... e trabalham cada vez mais para ganhar mais dinheiro. Mas aí, o dinheiro chega e vai embora antes mesmo do final do mês.

— Por que isso acontece? — Nara perguntou.

Como tenho de tomar conta do armazém *Verde Que Te Quero Verde*, é natural que eu saiba mais sobre assuntos de dinheiro do que ela. Minha amiga cigarra estava curiosa, porque via seu dinheiro ir embora depressa demais.

Foi aí que falei a palavra **ORÇAMENTO**.

— Mas que raios é isso? – quis saber Nara.

— É muito simples. É uma forma de saber para onde nosso dinheiro está indo. Conhecer o caminho do dinheiro é fundamental para não cairmos em armadilhas.

— Armadilhas?! — Minhoquinha, que morria de medo de armadilhas, mostrou seu espanto.

— Calma Minhoquinha. Estou falando de armadilhas financeiras — expliquei. — Elas pegam desavisados, gente que não presta atenção aos perigos do dia a dia. O dinheiro que você ganha com seu trabalho permite que você faça duas coisas importantes: gastar e guardar.

— Oi? — falaram juntas cigarra e minhocas, que só sabiam gastar e não guardavam nada.

— Mas dinheiro não foi feito para gastar? — Nara quis saber.

— E para guardar, para se usar no futuro. Vamos falar sobre isso mais tarde. A verdade é que não podemos fazer tudo o que queremos. Precisamos fazer escolhas ao longo da vida. Vocês nunca leram aquele poema “Ou isto, ou aquilo”? — Respondi.

Aproveitei o silêncio que se seguiu à minha fala para recitar parte do poema:

“... Ou guardo o dinheiro e não compro doce,
Ou compro doce e gasto o dinheiro.
Ou isto ou aquilo; ou isto ou aquilo...
E vivo escolhendo o dia inteiro!”

— Que bonito! — disse a cigarra que entendia de poemas e músicas. — Quem escreveu?

— Cecília Meirelles, a grande poeta mineira.

— Ela é formiga como você? — Minhoquinha perguntou.

— Não era não. Era uma mulher bonita e talentosa.

Você talvez já saiba que, quando escolhe alguma coisa, está automaticamente desistindo de outra. É sobre isso que fala o poema e era isso que eu tentava mostrar para Nara, Dona Minhoca e Minhoquinha.

Para fazer escolhas, precisamos ter disciplina financeira. Saber quanto ganhamos, quanto gastamos e, principalmente, em que gastamos. Algumas coisas são necessárias para nossa sobrevivência, como roupa, comida, casa e escola.

— Eu não preciso de escola! — disse Minhoquinha, que não gostava de acordar cedo para ir ao colégio.

— Cala a boca, menina — replicou a mãe.

Ri e continuei a explicação.

— O orçamento se faz da seguinte maneira. Primeiro você desenha duas colunas no papel. Numa coluna você faz uma lista de tudo o que ganha. Na outra coluna você faz uma lista de tudo o que você gasta. Comece pelas coisas de que precisa. Se sobrar dinheiro, então você saberá quanto pode gastar naquilo que gosta. Entendido?

— Não — disse a cigarra Nara. – Prefiro começar gastando com o que gosto!

— Que espertinha! E como é que você vai comer? E onde vai morar?

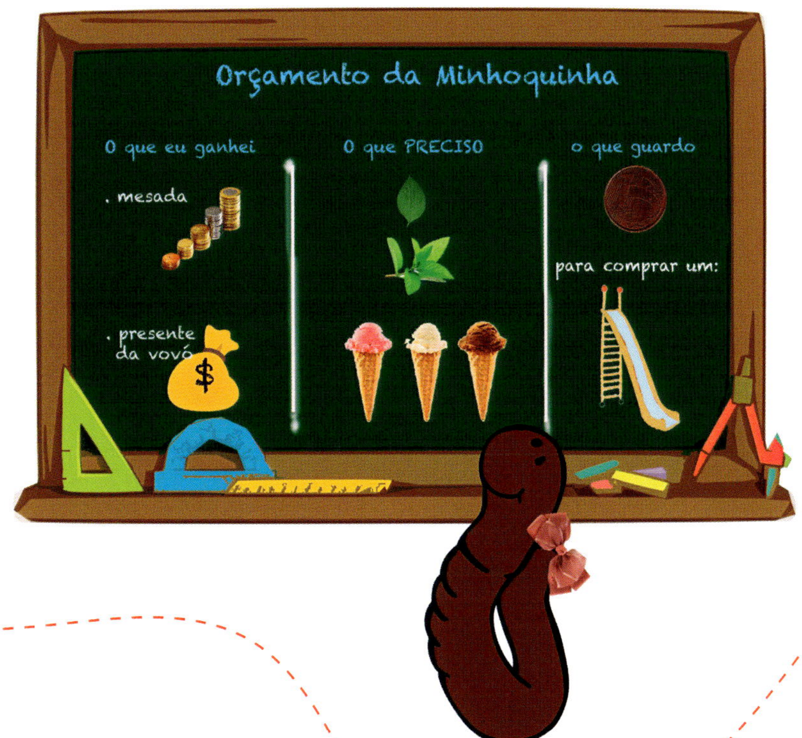

A cigarra reconsiderou. Desconfiou que era por isso que seu dinheiro acabava com tamanha rapidez. Assim que ele chegava em suas mãos, ela saía gastando com o que gostava. E, quando chegava a hora de pagar as coisas que precisava, faltava dinheiro.

E você? Sabe separar as coisas que precisa daquelas de que gosta? Faça uma lista do que precisa, ou seja, daquilo que você precisa para viver. Dê pontos para cada uma delas, de 1 a 5, sendo que 5 são as coisas de que você mais precisa e 1 aquilo de que você menos precisa. Agora faça outra lista daquelas coisas boas que você ama, mas pode pôr de lado se não houver dinheiro para tudo. Repita a pontuação dando 5 para as coisas de que você mais gosta e 1 para aquelas com que você se importa menos.

Você está quase pronto para começar a fazer seu orçamento com duas colunas, uma para as receitas e outra para os gastos.

Na coluna em que vai escrever o que você ganha (suas receitas), entra todo o dinheiro que ganha com algum tipo de trabalho, a mesada que seus pais dão para você e o dinheiro que seus avós e tios lhe dão de presente no aniversário.

Na outra coluna, escreva tudo aquilo em que você gasta (suas despesas). Você está começando a aprender os caminhos que seu dinheiro percorre.

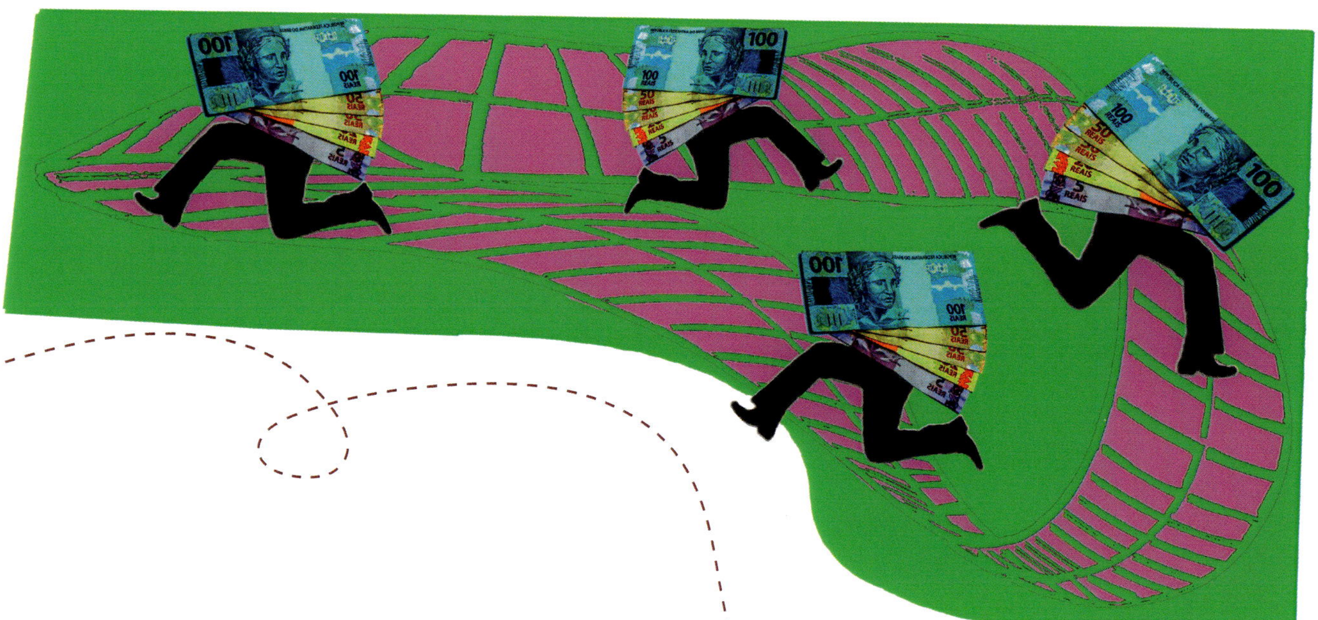

4.

DRAGÃO, TEU NOME É INFLAÇÃO

Nosso dinheiro tem dois inimigos: a falta de planejamento — que nos faz gastar demais e cair em armadilhas financeiras — e a inflação — que transforma o dinheiro guardado debaixo do colchão em quase nada.

Não é à toa que damos o nome de dragão à inflação.

— Posso sabe o porquê? — perguntou a cigarra.

— Dragão solta chamas pelas ventas e queima tudo o que está na sua frente, até mesmo nosso dinheiro. Por isso, nada mais justo que retratar a inflação como um dragão — eu disse.

Minha preocupação tem motivos. Vivi no Brasil na década de 1980, quando a inflação era muito alta.

— Mas o que é a inflação? — perguntou Dona Minhoca.

— Numa economia de mercado, os preços dos bens e serviços podem sempre mudar. Alguns preços sobem e outros descem. Até aí tudo bem. O problema é quando todos os preços começam a subir sem parar. Aí está acontecendo o que chamamos de inflação — expliquei.

Dona Minhoca disse que não concordava:

— Você deveria ficar feliz, porque vai ganhar mais dinheiro com a venda de suas folhinhas.

— Nada disso — respondi. Minha receita pode crescer durante uma inflação, mas tudo que eu vou comprar também vai custar mais caro. E se o salário dos outros bichos não subir junto com os preços das folhinhas, vou vender menos folhinhas e vou ter prejuízo.

Lembro bem da situação no Brasil na década de 1980. A inflação era altíssima. Os preços subiam sem parar. Eu tinha que remarcar os preços das folhinhas todas as semanas. A inflação rouba o valor do dinheiro.

Quando o preço que você paga por uma cesta básica aumenta sem parar, seu dinheiro compra menos. Se a maioria dos preços está subindo durante o ano, temos inflação e precisamos saber o que fazer nesta situação.

É verdade que o dinheiro torna o comércio mais fácil. Para isso, ele não pode perder valor muito depressa. Para proteger o valor do dinheiro, existe um Banco Central na maioria dos países. Ele é o guardião da moeda. É ele quem luta contra o dragão.

A inflação é o maior inimigo do seu dinheiro no futuro. E sabe de uma coisa? O futuro chega. Quando ele chegar, se você já tiver aprendido a lidar com seu dinheiro, tudo será mais fácil, pode apostar.

E, por falar em futuro, vamos espiar minha conversa com a Nara e com a Dona Lagarta, uma senhora que já está aposentada. Você já pode começar a pensar na sua aposentadoria e se preparar para quando o futuro chegar.

5.

A LAGARTA APOSENTADA

Como ninguém é de ferro, eu e Nara fomos bebericar um drinque na beira da piscina do Beto Besouro. Beto Besouro é o engenheiro encarregado do som nos shows da Nara. Estávamos lá no maior bate-papo, quando uma lagarta foi chegando de mansinho.

— Quem é ela? — perguntei.

— Você não conhece? É a Marta, sogra do Beto Besouro. É advogada — disse Nara.

— Que bom, preciso de uma advogada para examinar os documentos do armazém.

— Não se anime não, cara formiga. Essa lagarta aí já não quer mais nada com o trabalho.

— Como assim?

— Ela já está aposentada.

Para continuar lendo esta história tem um detalhe que você precisa saber: a vida, seja a minha, seja a sua ou a da cigarra, está dividida em algumas fases. Isso mesmo, fases da vida. Isto quer dizer que primeiro a gente nasce e, enquanto a gente cresce e estuda, nossos pais ou as pessoas cuidam da gente e pagam o que a gente precisa para viver.

Depois, vem a idade adulta e a gente vai trabalhar para pagar as próprias despesas. Essa é a segunda fase da vida.

Com o tempo vai chegando o cansaço, e entramos na última fase da vida. Isso já aconteceu com a Marta, a lagarta advogada.

Enquanto estamos trabalhando e ganhando a vida, não vale esquecer de que chegará o tempo em que ficaremos mais velhos e vamos querer trabalhar menos. Quando esse tempo chegar, devemos ter guardado alguma coisa para nossa aposentadoria. A aposentadoria ocorre quando dedicamos pouco tempo ao trabalho e temos mais tempo livre para passear e para o lazer.

A cigarra interrompe meus pensamentos e se dirige à lagarta:

— Como vai Dona Marta? Passeando muito?

— Passeando bastante, cada vez mais. Acabo de voltar de uma viagem de navio. Conheci muitas cidades novas.

— Por acaso a senhora é a dona do navio? — Eu quis logo saber, me intrometendo na conversa.

— Ah! Que é isso, minha filha? Que novidade é essa? A gente precisa ter navio para poder viajar? — disse Dona Marta.

— Então essa viagem deve ter custado um dinheiro alto — eu disse, sem medo de ser enxerida, pois entendo de economia e sei fazer contas. — A senhora deve ganhar muito dinheiro com o seu trabalho.

— Não trabalho mais. Já trabalhei muito no passado. Todo mês eu separava um pouquinho de dinheiro do meu salário para gastar no futuro, quando me aposentasse — explicou a lagarta.

— Ah bom! — eu disse. E comecei a pensar em como seria bom ter mais tempo livre para viajar algum dia.

Depois pensei como iria me sustentar na fase da vida em que vou estar aposentada. Você terá de pensar nisso também. Lembre-se de que, mesmo quando você estiver aposentado, precisará de dinheiro para viajar, comer e se divertir.

A vida segue seu curso normal e, mesmo aposentado, você vai querer coisas de que gosta e coisas de que necessita para viver. Por isso, você não pode esquecer que o salário serve para duas coisas básicas: seu consumo hoje e seu consumo no futuro, quando estiver aposentado e parar de trabalhar.

É preciso separar um pouco do dinheiro que você recebe hoje para usar no futuro, quando já não quiser trabalhar tanto. Também precisa guardar dinheiro para realizar um sonho. Por exemplo, comprar uma casa na praia ou na montanha.

— Então a senhora guardou muito dinheiro, Dona Marta? — eu disse, cada vez mais interessada nessa tal de aposentadoria.

— Claro que não guardei dinheiro na gaveta, cara formiga. Não sou boba. Fiz investimentos com parte do dinheiro que eu ganhava — respondeu a lagarta.

— Agora fiquei confusa — confessou a cigarra.

— Preste atenção — respondeu a lagarta Marta. — Todo dinheiro que você quer guardar para o futuro precisa ser investido. Isto é, você precisa guardar de uma forma que esse dinheiro tenha um valor maior no futuro, quando você for usá-lo. No futuro, tudo poderia ter um preço maior do que o preço atual. Você já sabe. Se tem inflação, os preços sobem e o dinheiro perde valor.

— Quer dizer então que, para a minha aposentadoria, eu preciso **investir** parte do dinheiro que ganho enquanto estiver trabalhando? — A cigarra Nara perguntou, começando a se interessar pelo assunto.

— Isso mesmo. Sabe a Dona Baratinha? Aquela que economizava o dinheiro e guardava na caixinha? Pois é, de tanto guardar dinheiro na caixinha, acabou ficando pobre. No dia em que resolveu abrir a tal caixinha, suas economias já não tinham mais nenhum valor. Durante os anos em que ela deixou o dinheiro na caixinha, a inflação comeu o valor do dinheiro que ela guardou — comentou Dona Marta, que sabia do que estava falando, porque costumava visitar a Dona Baratinha.

Espero que você tenha prestado atenção a esse alerta. Não basta guardar dinheiro. O dinheiro que você não gasta precisa ser investido, principalmente para proteger seus recursos da inflação. Fique de olho no valor do dinheiro.

Isso mesmo, todo o dinheiro tem um valor hoje e um valor no futuro. A relação entre esses dois valores do dinheiro, o de hoje e o do futuro, se chama taxa de juro.

A taxa de juro é o preço do dinheiro hoje. Você usa a taxa de juro para calcular o que você deve receber quando investe seu dinheiro hoje para receber seu dinheiro amanhã.

Da mesma forma, você usa a taxa de juro para calcular o que deve pagar, quando toma emprestado dinheiro hoje para pagar no futuro.

Um detalhe para a turminha que gosta de aritmética. Vamos usar um exemplo no quadro ao lado.

Quando você quer comprar alguma coisa hoje e não tem dinheiro, o que faz?

Compra dinheiro. E terá que devolver esse dinheiro no futuro acrescido dos juros, que o quadro abaixo nos ensina a calcular a partir da taxa de juros.

Calculando o custo de um empréstimo

Imagine que a lagarta empreste R$ 100,00 para você hoje.
Você tem que pagar esse empréstimo no mês que vem.
O empréstimo de R$ 100,00 se chama "principal".
Como o empréstimo dura um mês, no mês que vem você terá de pagar para a lagarta o principal mais os juros.

Calculamos os juros multiplicando o principal pela taxa de juros.
Se a taxa de juros for de 2% ao mês, então no mês que vem os juros serão:

R$ 100,00 x 2 % = R$ 2,00

No mês que vem você terá de pagar para a lagarta:

R$ 100,00 (o principal) + R$ 2,00 (juros) = **R$ 102,00**

Pois é. Quem toma emprestado hoje terá de pagar o principal e os juros no futuro. Você pode calcular os juros multiplicando o principal pela taxa de juros. Quando fiz um empréstimo no *Banco Tonessa* para comprar os móveis da minha loja, eu recebi R$ 100,00 na minha mão no dia do empréstimo para pagar em parcelas no futuro. No fim de cinco meses, vou pagar o principal. Por enquanto estou pagando os juros mensais.

O *Banco Tonessa*, que tinha dinheiro para me emprestar, me vendeu o dinheiro de que eu precisava. Quem vende dinheiro, recebe mais dinheiro em pagamento do empréstimo do aquele que pegou emprestado.

Pense no exemplo do empréstimo que tomei no *Banco Tonessa*. Eu precisava de R$ 100,00 para comprar as prateleiras do meu armazém. O banco concordou em me emprestar os R$ 100,00 para que eu pagasse o principal depois de cinco meses. No acordo, eu deveria uma taxa de juros de 2% ao mês durante cinco meses (além dos R$ 100,00 depois de transcorridos os cinco meses).

Agora que você sabe que paguei R$ 2,00 por mês durante cinco meses, vai entender melhor a lista de despesas do *Armazém Verde Que Te Quero Verde*, em setembro de 2020. Lá estava incluído o valor de R$ 2,00 em juros pagos pelo armazém ao *Banco Tonessa*.

Quem tem dinheiro para investir vende dinheiro e recebe de volta o que emprestou mais um acréscimo que chamamos de juros (porque é calculado a partir da taxa de juros). Com o tempo, os juros acrescentam mais dinheiro ao seu dinheiro, como você verá ao longo desta história.

Para fazer com que o seu dinheiro guardado não seja comido pela inflação, você precisa sempre procurar investi-lo de forma que o retorno do seu investimento seja maior do que a taxa de inflação. Assim, suas economias não perdem o poder de compra, ou seja, o dinheiro investido poderá comprar o mesmo ou até mais do que ele compra hoje.

6.

DONA BINHA E OS OVOS DE OURO

Você conhece a galinha dos ovos de ouro? Ela aparece em outra história, mas vamos falar dela aqui.

Eu e a Nara cansamos de tomar sol na beira da piscina da casa do Beto Besouro. Nós duas ficamos impressionadas com a história da lagarta aposentada e começamos a pensar em nossa aposentadoria. Tínhamos que investigar o que fazer para guardar dinheiro para o dia em que nos aposentássemos. Tomamos a decisão de consultar a galinha dos ovos de ouro e saímos em busca dela.

— Olha! Lá está a casa da Dona Binha! — eu disse, de boca aberta, quando vi aquela enorme casa no meio de um jardim.

— Casa? Casa é onde você mora, minha amiga Emília. Aquilo é uma mansão. A mais bonita que eu já vi — disse a cigarra.

— É mesmo. Você tem razão, amiga cigarra. De tanto colocar ovos de ouro, a galinha rica já tem um belo patrimônio.

— Cadê o patrimônio? É uma árvore do jardim? Ou o ovo da galinha?

— Nada disso — respondi. Você não sabe o que é patrimônio? Patrimônio é a riqueza, a fortuna que ela acumulou... Pode ser um monte de dinheiro, mais uma casa, mais ovos de ouro, por exemplo — expliquei.

O trabalho da galinha era cacarejar, botar ovos e vender. Como os ovos eram de ouro, eles custavam mais caro do que os ovos das outras galinhas, como os que você come e que têm a gema mole e amarelinha.

Ora, ora. A galinha botava ovos, vendia e depositava o dinheiro da venda dos ovos no banco, onde fazia seus pagamentos e investimentos.

Com o tempo ela foi ficando mais velha e mais cansada. Ufa! Não é fácil ficar botando ovos de ouro! E a galinha Binha já não botava tantos ovos como antes. Mas isso também já não era problema, porque ao longo dos anos o dinheiro que ela investiu foi se multiplicando, e ela formou um belo patrimônio.

No caminho para a mansão da galinha dos ovos de ouro, encontramos alguém que costuma gastar mais do que ganha. É a ratazana Luciana. Ela estava indo ao banco para pegar um empréstimo e comprar um carro. Vimos quando ela entrou no *Banco Tonessa*.

— Olá, dona Luciana – cumprimentou Arthur, o tatu banqueiro.

— Como vai, senhor Tutu. Quer dizer Tatu. Ou melhor, senhor Arthur — falou dona Luciana, que sempre se embananava com o nome do tatu.

Arthur, o tatu, não se importava, porque já se acostumara com as confusões de dona Luciana. Ela vai sempre ao banco pegar dinheiro emprestado, porque, ao contrário da galinha dos ovos de ouro, gasta mais do que ganha.

— Então a senhora quer um empréstimo?

— Isso mesmo, preciso comprar um carro — disse a ratazana.

— Vamos fazer o seguinte. Empresto o dinheiro do carro e a senhora paga todo mês um pouquinho, até conseguir pagar toda a dívida, ok? — propôs o banqueiro.

A ratazana achou ótimo. E o tatu mais ainda.

Na verdade, o dinheiro não era do tatu. E sim dos investidores, como a galinha dos ovos de ouro. Como você sabe, todo mês ela deposita o dinheiro que ganha no *Banco Tonessa*. O tatu banqueiro pega o dinheiro da galinha Binha e o de outros depositantes e o empresta para outros clientes — que, como a ratazana, precisam tomar empréstimos para os gastos que não cabem nas suas receitas.

Dessa forma, quem tem dinheiro sobrando, empresta ou "vende" dinheiro para quem tem dinheiro faltando. O banqueiro fica no meio. Ele faz o que os economistas chamam de **intermediação**.

Nessa relação de compra e venda de dinheiro, como você já sabe, quem toma emprestado paga juros. E os juros, como ficou claro no capítulo 5, é calculado usando a taxa de juro, que é o preço do dinheiro.

Pelo caminhar todo aprumado do Arthur, esse negócio de intermediação parece que anda às mil maravilhas!

Ninguém pode negar que o banqueiro Arthur é um tipo importante. A prova disso é que nosso tatu é presidente do *Bicholândia Futebol Clube*. E sabem quem é o atacante dessa seleção?

É o galo Cézar, um sujeito meio metido a valentão, mas que no fundo é boa gente.

Arthur e Cézar sempre se encontram na sede do clube, principalmente, é claro, em dia de jogo. A amizade entre eles foi crescendo, a ponto de o galo Cézar confessar ao Arthur que está louquinho para se casar com a galinha dos ovos de ouro. Comentou também que gostaria de fazer umas economias e, quem sabe, comprar um presente para impressionar a galinha Binha.

Um belo dia, o galo Cézar foi ao *Banco Tonessa* visitar o amigo e perguntou:

— Afinal, Arthur, o que faz um banco?

— O banco serve para guardar o dinheiro que sobra para alguns, mas também serve para emprestar o dinheiro que falta para outros — explicou o tatu.

— Mas por que tem gente que guarda dinheiro? Não é melhor gastar tudo para comprar as coisas de que gostamos? — perguntou o galo.

— Nem sempre. Quem costuma guardar dinheiro acaba ganhando um prêmio. Quem deixou de consumir no presente e adiou suas compras para o futuro, investindo o dinheiro, merece ganhar uma recompensa. E ganha. Ganha o retorno do seu investimento.

— E quem vai pagar esse prêmio? — Cézar perguntou.

— No caso de juros, quem paga é quem pegou o dinheiro emprestado. Muitas vezes, paga juros todo mês pelo empréstimo.

O galo pensou, pensou e então deu um sorriso maroto para o amigo. O galo Cézar antes pensava que o tatu era um cara legal, que dava dinheiro para os outros. Agora estava entendendo que não era bem assim. O banco era um negócio, que rendia dinheiro também para o Arthur.

Como avisei no começo desta história, na *Vila do Caraminguá*, todo mundo trabalha. Arthur, como banqueiro, faz a ligação entre aqueles que querem investir e os que precisam de empréstimo. E ganha dinheiro na intermediação. Por isso ele anda tão elegante.

— Ah! Só queria saber se você ganha dinheiro de graça — disse o galo. — Também quero saber o seguinte. Se eu deixar meu dinheiro no *Banco Tonessa*, num fundo de investimento, eu ganho um prêmio por deixar o dinheiro investido?

— Isso mesmo. Você ganha um prêmio. Porque adiou seu consumo e porque está correndo um risco — explicou o tatu.

— Riiissscooo?

Isso era novidade para o galo que já estava abrindo a carteira para deixar um dinheirinho no banco. Ao ouvir a palavra **risco** fechou rapidamente a carteira e a colocou de volta no bolso.

— É isso — comentou Arthur. — Tem risco. Você sabe o que é risco?

— Acho que é um traço no papel — disse o galo.

— Nada disso, amigo Cézar. Risco é a possibilidade que você tem de perder o seu dinheiro. Todo investimento tem risco — disse o tatu.

— Todos?

— Todos — repetiu o tatu com firmeza. — No caso do empréstimo, você corre o risco de a pessoa que pegou o empréstimo não pagar ao banco e o banco não lhe pagar o prêmio e nem sequer devolver seu dinheiro. Claro que o banco deveria, mesmo assim, pagar o seu prêmio. Afinal, você não tem culpa se o banqueiro emprestou mal o dinheiro. E, na maioria das vezes, você recebe seu dinheiro de volta. Existem seguros que podem proteger você.

Agora, imagine se muita gente não pagar de volta o que tomou emprestado. Isso poderia acontecer se o banco escolher mal os seus clientes. Tem gente que gasta mal e sem cuidado e abre o próprio caminho para a falência. Se o banco escolhe mal os seus clientes, ele pode "quebrar", isto é, ir à falência, e não pagar ninguém. Aí, já viu: é uma briga só!

A situação também pode ficar difícil quando existe uma crise econômica, que você pode conhecer melhor no quadro a seguir. É difícil de acontecer, mas as crises econômicas castigam os bancos mais frágeis ou mal administrados — e tudo fica um pouco mais arriscado. Mas o normal é que você invista o dinheiro e, em compensação, receba os juros.

O galo Cézar, que estava com a intenção de comprar uma bolsa bem bonita de presente para a galinha dos ovos de ouro, coçou a cabeça e decidiu não comprar nada naquele momento. Ele planejou guardar o dinheiro por algum tempo, rendendo juros, e, quando conseguisse juntar mais, compraria também sapatos para a galinha, porque, afinal, o conjunto completo — pensou com seus botões — impressionaria mais a galinha do que apenas a bolsa.

O que é uma crise econômica

Uma das palavras mais aterrorizantes da economia é a palavra "crise".

Uma crise ocorre quando um país enfrenta graves dificuldades econômicas, com desemprego muito alto e crescente e queda da produção e do comércio de mercadorias e serviços.

Numa crise, as fábricas diminuem a produção e demitem seus funcionários. Sem emprego, ou com salários menores, as pessoas ficam com medo de gastar e param de comprar algumas coisas ou reduzem suas compras. Há menos vendas no comércio. As mulheres vão menos ao cabeleireiro. Alguns homens deixam de ir ao dentista. O cabeleireiro e o dentista compram menos produtos. E assim o círculo vicioso se prolonga.

Algumas crises duram pouco tempo. Outras podem levar anos.

Os governos tentam reverter a situação, utilizando medidas para estimular a criação de empregos e consumo, gastando mais ou corrigindo as causas que levaram à crise.

— Amigo tatu, — disse o galo — acho que vou deixar meu dinheiro investido e, quando ele render bastante, compro um presente bacana para a Binha.

— Claro, amigo Cézar. Quanto mais tempo o seu dinheiro ficar guardado rendendo juros, mais ele vai crescer. Funciona como se todo o dia alguém colocasse mais dinheiro na gaveta onde seu dinheiro está guardado.

— Como assim? Todo dia alguém vai me dar mais dinheiro?

— Quer um exemplo? Pegue o tabuleiro de xadrez. Coloque na primeira casa um grão de arroz. Na segunda casa coloque dois grãos de arroz, na terceira casa coloque quatro grãos de arroz, e assim por diante. Em cada casa, portanto, coloque duas vezes o número de grãos da casa anterior.

O galo Cézar correu e pegou um tabuleiro — que o esperto banqueiro já deixara ali por perto à disposição dos clientes — e começou a fazer como mandou o tatu. Não demorou muito para ele perceber que a quantidade de arroz estava aumentando muito rapidamente e ia faltar arroz no saquinho que o banqueiro também tinha deixado na mesa.

— Ok. Não precisa chegar até o fim — disse o tatu banqueiro.

— Não?

— Não, galo amigo. É só um exemplo para você perceber que a cada casa os grãos se multiplicam. As casas do tabuleiro de xadrez são como os dias, ou meses, enfim, o tempo que o seu dinheiro fica no investimento. E os grãos de arroz são como o seu dinheiro. Os grãos a mais que você coloca em cada casa do tabuleiro são os juros.

Os olhos do galo Cézar brilhavam com a explicação do tatu. Ele pensou que, se economizasse mais dinheiro e o deixasse investido, poderia, no futuro, colocar em prática um velho sonho: comprar um avião e voar pelo mundo, como os pássaros. Ele tinha asas, mas nunca conseguira voar. Agora começava a se animar. Podendo voar, levaria a galinha Binha para longos passeios. Ela adora passear e iria ficar caidinha por ele.

Os juros são uma forma de aumentar o seu dinheiro ao longo do tempo. Mas existem outras formas. Que tal conhecê-las?

7.

COLOQUE OUTROS OVOS NESTA CESTA

Chegamos à mansão da Dona Binha. A conversa foi animada. A galinha ouviu as novidades do *Armazém Verde Que Te Quero Verde* e dos shows da cigarra Nara.

Então chegou a vez de a galinha contar suas histórias. Dona Binha contou, com detalhes, como conseguira acumular sua fortuna. Agora tinha a mansão, um carrão e projetos sociais que atendiam galinhas em dificuldades. E sobrava dinheiro para investir e guardar para a aposentadoria. Sim, porque esse negócio de vender ovos de ouro já estava deixando a galinha meio chateada: agora o que ela queria mesmo era dedicar mais do seu tempo para passear com os amigos.

— Comecei vendendo ovos — contou a galinha.

— E o que você fez com o dinheiro? — Perguntei.

— Parte do dinheiro eu gastava; a outra parte, investia — disse a galinha.

Parte eu investi para ganhar juros. Outra parte, de outras formas.

— De outras formas? — Nara se surpreendeu. Até então, pensava que o único investimento era ir ao banco do Arthur Tatu e deixar o dinheiro lá na caderneta de poupança. Agora descobria que havia outras formas.

— Sim, disse a galinha. Além dos juros que você pode receber emprestando dinheiro para o banco, ou para o governo, ou para uma empresa. Há outras formas de investir.

— Como outras? — Nara e eu exclamamos juntas, pensando o quanto íamos aprender naquela conversa.

— Por exemplo: você pode se tornar sócia de uma empresa. — Como?

— Você pode comprar ações de uma empresa que já existe e se tornar acionista dela, sócia do negócio. Simples assim.

— E o que são ações?

— A ação é o pedaço de uma empresa, representado por um título. O título é um papel que você pode comprar e vender. Quem compra esse título, passa a ser acionista da empresa. Isso

significa que você terá direito a receber uma parcela dos lucros que essa empresa tiver — Dona Binha explicou.

— Não entendi — reclamou a cigarra.

— Quando você compra a ação de uma empresa, você entrega dinheiro para que ela invista no crescimento de suas atividades e compre mais máquinas, por exemplo.

— Como empresária, — eu disse — sei que construir um negócio não é simples, tem muitas dificuldades pelo caminho, mas conforme você vai ultrapassando os obstáculos, caindo e levantando e corrigindo os erros, a empresa cresce e aparece. E dá lucros e vira uma peça importante para criar produtos, prestar serviços e criar empregos.

— Acertou na mosca, amiga. Existem alguns detalhes... O dinheiro da venda de uma ação só vai para a empresa quando ela vende a ação pela primeira vez. A partir daí, as ações da empresa continuam a ser vendidas e compradas. Mas o dinheiro dessas vendas vai para quem já comprou as ações e está revendendo.

— E como é que eu ganho dinheiro com ações? — perguntou a cigarra.

— De duas maneiras — explicou Dona Binha. — Quando a empresa vai bem e distribui lucros, se você tem uma ação, recebe uma parte dos lucros, os chamados dividendos. Além disso, quem investiu o dinheiro comprando ações de uma empresa pode vendê-las por um preço maior. Mas tem um detalhe... Isso só acontece quando se espera que a empresa vá se dar bem e seus lucros vão crescer.

Nara, em sua animação, nem prestou atenção na ressalva e disse:

— Onde eu compro essas ações?

— Todos os dias, várias ações trocam de mãos na Bolsa de Valores. Lá, os corretores compram e vendem ações para seus clientes — explicou a galinha.

— E quem são os corretores? — perguntei.

— Conheço a Meire, aquela mariposa super agitada. Ela trabalha na corretora de valores *Endossaqui*. Posso apresentar a Meire para você — disse Dona Binha.

— Sempre vou precisar de um corretor para comprar ações? — Nara perguntou.

— Vai. Para comprar e para vender. Você diz o que quer, e seu corretor compra ou vende a ação que você pediu — disse a galinha. E continuou:

— Não se esqueça de uma coisa: se a empresa não for bem, o valor de suas ações pode cair e você perde parte do dinheiro que investiu.

A ideia da Bolsa de Valores começava a animar a cigarra, que não via a hora de comprar ações da empresa de Stromboli e passar a ser dona do negócio:

— E então? Vendo as ações quando elas se valorizarem para poder ganhar dinheiro?

— Se você permanecer com as ações da empresa, continuará a ter retornos enquanto as ações se valorizarem. E se a empresa distribuir lucros, você recebe uma parte deles. A parte do lucro. E já expliquei que a parte dos lucros que vai para você é chamada de dividendos. Investir em ações pode ser uma outra forma de você guardar seu dinheiro para o futuro — disse a galinha.

Eu estava intrigada com uma coisa. Se a galinha já tinha ovos de ouro, por que ela precisava fazer investimentos?

— Seu ouro já não vale uma fortuna? — perguntei.

— Não é bem assim. O ouro vale um bom dinheiro, é verdade, e pode ser considerado um investimento. Mas quando você deixa todo o seu dinheiro investido numa única coisa, o risco que você corre é muito alto — explicou a galinha.

— Risco? Mas que risco? — perguntou a cigarra.

— Imagine que os ovos de ouro percam valor. Por exemplo: se aparecerem mais galinhas vendendo ovos de ouro e menos gente querendo comprá-los, eles vão ficar mais baratos. Se você guardou todo o seu dinheiro em ovos de ouro, pode perder parte do dinheiro que aplicou. Agora, se dividiu o dinheiro em algumas partes e com uma parte comprou ovos de ouro, com outra comprou uma casa, deixou outra parte em aplicações que rendem juros e outra em investimentos na Bolsa, quando perder numa aplicação, pode ganhar em outra. Isso se chama "diversificar os investimentos".

Taxas de juro, ações, ovos de ouro... Está começando a ficar difícil de novo... Diversificar então... não é bom nem pensar o que pode ser isso... Talvez você pense que o melhor seja esquecer esta história e tentar algo mais fácil, alguma coisa infantil mesmo... Afinal, ainda falta um tempão até você ficar adulto e então começar a investir e a pensar na tal aposentadoria, não é mesmo?

Ei...ei... Espere aí... Não feche o livro agora... Antes de ir até a estante e colocá-lo de volta na prateleira, escute só mais este segredinho que vou contar....

Você pode começar a investir já! Mesmo crianças podem fazer aplicações financeiras... Tudo bem, os ovos de ouro são da Dona Binha. Mas o restante, ações, títulos que pagam juros e muitas outras alternativas estão ao seu alcance.

Além disso, lidar com dinheiro é como escovar os dentes. Quanto antes você começar, mais fácil fica.

Assim como você começou a aprender a escovar os dentes quando ainda era bem novinho, planejamento financeiro (é como os adultos chamam esse jeito de guardar, ganhar e gastar dinheiro) é algo que, quanto mais cedo você aprender, mais fácil será.

Dona Binha está contando para as amigas que hoje até mesmo uma criança pode fazer investimentos e mesmo comprar ações:

— Crianças já podem fazer investimentos em seu próprio nome. Eu, por exemplo, conheço um menino...

— Menino? E onde já se viu galinha falar com menino? — espantou-se a cigarra.

— Ué! E não pode? — Perguntou a galinha.

— Minha amiga cigarra às vezes tem uma ideia fora do lugar — aproveitei para dizer, lembrando que a cigarra achava que quem trabalhava não podia se divertir...

— Pois você sabe o que o menino ganhou de presente de aniversário? — Dona Binha perguntou. — Ele ganhou ações de uma empresa.

Ações, juros, ouro, casas, tantas formas de investir que essa galinha conhece. E ainda tem mais. Aproveitei para fazer uma pergunta.

— Dona Binha, ouvi falar num tal "Fundo Pataca e Meia". Queria que você explicasse o que são fundos de investimento.

— Bem. Além de comprar papéis dos bancos ou do governo ou ações na Bolsa de Valores, você pode comprar esses mesmos papéis através de um fundo de investimento.

Os investidores entregam o dinheiro para um gestor profissional, que é quem estudou e se preparou para trabalhar com investimentos.

— E então ele faz os investimentos? — perguntei.

— Exatamente. Esse gestor coloca o dinheiro numa espécie de cesta com todos os investimentos que acha interessante para seu cliente. Fica fácil, não? Mas é bom você pesquisar bem e se informar sobre o gestor, para não entrar numa fria.

— Pode me explicar por que eu deveria me interessar por um fundo de investimento? — Reclamou a cigarra.

— Quando um fundo de investimentos combina diferentes papéis, ou seja, ações de diversas empresas, se um rende menos, outro pode, ao mesmo tempo, render mais. Assim, na média, o fundo de investimento acaba gerando um investimento menos arriscado para o investidor. Entendeu a lógica? — perguntou a galinha.

— Vou explicar melhor — eu disse, enquanto fazia anotações e coçava a cabeça. — Quando é verão, as lojas de maiôs vendem mais do que as lojas de agasalhos. E ocorre o contrário durante o inverno. Por isso, se eu fosse empresária de roupas, venderia na minha loja tanto os maiôs de verão quanto os casacos de inverno. Isso é diversificar.

Mas a cigarra ainda tinha uma pergunta que estava na ponta da língua havia muito tempo:

— E a caderneta de poupança? Ela também é um investimento?

— Pode ser. Mas você precisa comparar o que pode ganhar na caderneta de poupança com o que pode ganhar em outros investimentos — disse a galinha.

— Por quê?

— Porque a taxa de juro na caderneta de poupança pode ser mais baixa do que a de outros investimentos. E algumas vezes ela perde para a inflação.

Esta conversa aconteceu há muitos anos. Nós, as três amigas, voltamos a nos encontrar em Paris. Nós nos aposentamos muito bem, porque guardamos dinheiro, cada uma do seu jeito, e hoje temos o suficiente para nos divertir muito na aposentadoria.

Você sabe, sendo formiga e mais conservadora, deixei boa parte dos meus investimentos em fundos de baixo risco. A cigarra Nara, que sempre foi mais corajosa, comprou ações, que lhe rendem gordos dividendos. Nós duas atingimos nossos objetivos de investimentos, que era ter uma renda para viver com tranquilidade na aposentadoria.

8.

O DINHEIRO, OS BICHOS E VOCÊ

O dinheiro é importante para comprar produtos e serviços de que precisamos para viver. Ele também nos ajuda a realizar alguns sonhos de consumo, que são coisas de que não precisamos, mas de que gostamos muito e queremos comprar.

Saber lidar com o dinheiro é a chave para não ter problemas financeiros ao longo da vida.

Conversar com a bicharada nesta história mostrou que o que parecia muito complicado é uma coisa que está ao alcance do entendimento de todos que querem estudar e aprender.

Não sei a razão, mas os bichos têm a facilidade de transformar assuntos difíceis em histórias mais simples e mais fáceis de entender. Talvez por isso existam as fábulas, que mostram o comportamento dos humanos de forma mais transparente que discursos empolados.

Não se engane, aprender a lidar com o dinheiro fará toda a diferença. Há pessoas que guardam muito e outras que gastam além da conta. Encontrar o equilíbrio é o segredo para conseguir realizar seus sonhos e não ter problemas financeiros. E é por isso que estamos juntos nesta história.

FIM

Mara Luquet é jornalista, escritora e fundadora do canal MyNews, considerado pelo Google referência mundial em jornalismo no YouTube. Foi colunista de finanças pessoais da TV Globo e da rádio CBN. Trabalhou como editora do Jornal Valor Econômico e criou o caderno Folhainvest da Folha de São Paulo. Publicou diversos livros de finanças pessoais, entre eles, *O futuro é* (Editora Benvirá e Letras&Lucros) e *Muito além do voo* (Editora Leya e Letras&Lucros), em parceria com Ruy Marra.